AF224462

GUIDE

DES TRANSPORTÉS

POUR LA

GUYANNE FRANÇAISE,

AVEC

Des Observations sur le climat et les productions de ce pays,

et des considérations sur l'Afrique,

Par M. PELLET,

LA CROIX-ROUSSE (LYON).

IMPRIMERIE ET LITHOGRAPHIE DE LÉPAGNEZ,

Petite rue de Cuire, 2.

1848.

AVIS.

Cet opuscule venait d'être terminé, lorsque j'ai appris par la voix des journaux que les comités de justice et des Colonies avaient pris une décision, pour diriger les transportés en Afrique, et les y établir en colonie, contrairement à l'exception que l'Assemblée nationale avait ordonnée par son décret de transportation. Leurs considérants reposent sur trois questions, l'humanité, la salubrité et la politique. Je suis disposé à reconnaître la première question, qui est relative à l'humanité, seulement sous le point de vue de la distance. Je comprends combien cela doit sourire aux transportés d'aller en Afrique plutôt qu'ailleurs; ils seront toujours mieux à la portée de rentrer en France aussitôt que les événements ou une amnistie pourront le leur permettre. Ils conserveront sans cesse cette intime espérance dans leur malheureuse position, que l'on comprend mieux que de l'exprimer. Quant à la question de salubrité, qui est la plus importante, l'on me permettra de la nier d'une manière absolue. Je conteste que l'Afrique soit plus saine que la Guyanne ; le signe certain de sa salubrité se reconnaît infailliblement à l'admiration dont on est saisi à l'aspect des majestueuses forêts qui sont éternellement ornées de leur belle et verdoyante parure , pendant que leurs cimes gigantesques se balancent et se perdent dans les nues. Un vent doux, agréable traversant ces forêts vierges dont la profondeur nous est encore inconnue, vient empreint de mille parfums embaumer l'air que vous respirez. Il est donc bien avéré qu'il n'existe nulle part un pays plus fertile, où la nature y soit si forte et si vigoureuse : en conséquence c'est un fait irrévocable, qu'où il y a fertilité, il y a salubrité, l'une et l'autre étant puissamment corrélatives.

Dans tous les pays, même les plus sains, soit en France, soit ailleurs, on est obligé de reconnaître qu'il y a des contrées malsaines. Ce n'est qu'avec des grands travaux qu'on parviendra à les assainir, et les rendre prospères. Il est évident que toutes ces exclamations d'insalubrité tomberont quand on le voudra sérieusement. L'on a vu avec plaisir le décret relatif à la colonie d'Alger, proposé par le ministère; il appartenait au gouvernement de la République, d'agir grandement en faisant une demande de cinquante millions, pour cette grande œuvre de colonisation , que sans aucun doute l'Assemblée nationale s'empressera de voter. Il est temps d'en finir avec toutes ces demi-mesures, commandées par les ministres d'une monarchie déchue, qui n'ont produit que ruine et misère chez beaucoup de colons abusés , sans compter un quart de siècle de perdu. Désormais sous l'autorité des ministres de notre jeune République , les colons sont assurés d'être soutenus dans leurs travaux, avec cette générosité qui leur appartient, et qui sera la source de leur prospérité, parce qu'ils apprendront vite à aimer le pays, et à s'y acclimater. Ces conditions sont absolues, essentielles, pour empêcher des déceptions dans une organisation aussi importante que complexe. Il y aura un choix d'urgence à faire pour nommer des hommes compétents et dévoués à la direction des colonies. Des inspecteurs en chef, pris dans les représentants, auront pour mission de surveiller la création de ces divers établissements, et auront droit de révocation, sur une seule plainte fondée; jamais sévérité ne fut plus à propos !...

En Afrique, la culture des céréales est générale et presque unique; il faut encore quelques années avant que le prix de revient soit égal avec celui des marchés de l'Europe; cela serait naturellement un mécompte momentané pour les colons, s'il n'y avait pas d'autres cultures possibles; mais il est certain que l'on est fondé à espérer que beaucoup de produits de l'Amérique s'y acclimateront. Des essais ont été faits dans des jardins établis par le gouvernement, j'ignore jusqu'à quel degré ils ont réussi. Depuis longtemps on aurait dû faire des plantations de bananiers, en plein vent, dans toutes les provinces, mais particulièrement au sud et à la même époque; au bout d'un an on aurait pu apprécier les localités les plus convenables pour le naturaliser; si l'on parvient à familiariser ce fameux végétal sur le sol d'Afrique, ce sera un immense succès pour son importance alimentaire; ce sera aussi un indice certain, que toutes ou en parties, les riches productions d'Amérique y multiplieront définitivement. Si avec des précautions nécessairement intelligentes, on parvient à obtenir de semblables résultats, on peut avec assurance prévoir que l'Afrique deviendra la source d'incalculables richesses!

Malgré la décision des comités, qui n'est pas encore confirmée pas l'Assemblée nationale', l'auteur de cet opuscule a persisté de le livrer à la publicité, afin de détruire, autant qu'il est en son pouvoir, les bruits fâcheux que l'on entretient depuis longtemps avec injustice, sur le climat de la Guyanne dont Cayenne est la capitale, et aussi pour éclairer le gouvernement sur les immenses ressources qu'il y peut trouver pour y fonder de nouvelles colonies.

A.-J.-B. PELLÉT, Marchand,

Rue Bellevue, n. 53.

Lyon.

GUIDE

DES

TRANSPORTÉS POUR LA GUYANNE FRANÇAISE,

Avec des observations sur le climat et les productions de ce pays.

Mes intentions, en écrivant ce recueil de mes souvenirs, sont de dissiper toutes les craintes que pourraient concevoir les transportés destinés pour la Guyanne française, sur son climat et sa salubrité. Ayant habité pendant dix ans ces belles et fertiles contrées, je crois être assez compétent pour en donner des notions précises et exactes. Les futurs colons peuvent compter sur ma sincérité. C'est pour eux seuls que j'écris cet opuscule, dans l'unique but de leur être utile. Ce guide servira à leur soutenir le moral, et à les éclairer sur la conduite qu'ils auront à tenir dans leur nouvelle position. Avec de l'énergie ils sont assurés d'être heureux, comme colons propriétaires. Deux ans leur suffiront pour être installés définitivement dans leurs possessions, où ils trouveront aisance et bonheur. Le gouvernement républicain les aidera généreusement à surmonter tous les obstacles qu'ils pourront rencontrer dans les travaux qu'ils vont entreprendre. C'est ici une question d'humanité et de colonisation, très-importante, et assez complexe ; quant à la question politique, elle est en dehors du cercle que je me suis tracé.

Cayenne, capitale de la Guyanne française, contient une population d'environ six mille âmes, et passe généralement pour être malsaine. Il n'en pourrait être autrement, attendu qu'elle est située dans un bas-fond, entourée d'eau marécageuse. Il faut avouer ici que ses fondateurs ont eu la main bien malheureuse. Il est vrai aussi que la commodité du port et de la rivière ont été la cause déterminante de leur choix. Sans doute ils pensaient construire un canal pour assainir le pays. Ce qui depuis un siècle aurait dû se faire, aujourd'hui est à peine commencé. C'est à l'abandon, à l'incurie de tous nos gouvernants passés, qu'il faut attribuer cette languissante situation qui date de si loin. Ils avaient bien des millions par centaines à disposer, mais pour une œuvre aussi nécessaire, aussi salutaire, qui eut remédié à tant de maux, ils n'ont pu donner deux ou trois cent mille francs. Cette somme eut été suffisante pour canaliser cinq à six lieues de pays, et le rendre fertile et prospère. Les avantages que Cayenne en eût obtenus fussent si grands, qu'au lieu d'être la plus chétive de nos colonies, elle fût devenue la plus florissante.

Je prends pour témoin cette belle colonie de Surinam sa voisine, dont les conditions pour la culture sont identiques. Elle appartient aux Hollandais. Sa capitale se nomme Paramaribo, et contient près de cent mille âmes. Ses rues larges et bien percées sont ombragées par de magnifiques arbres d'orangers. Ses maisons, solidement bâties en bois de fer, atteignent un troisième étage; elles sont toutes coquettement peintes, et d'une grande propreté. De nombreux vaisseaux se balancent majestueusement sur les flots argentés d'un beau fleuve qui arrose les bords de cette grande cité. Ils attestent par leur présence de l'activité incessante d'un brillant commerce, et des riches produits de cette colonie, dont les principaux sont le sucre, le café, cacao, cotons et autres. Le luxe de ses nombreuses habitations, qui s'étendent jusqu'à quinze lieues aux environs de la ville, est tel que l'on croirait entrer dans la demeure d'un prince. La comparaison entre ces deux colonies est si désavantageuse pour Cayenne, que l'on ne saurait en comprendre les causes sans les étudier, parce qu'elles datent de loin, et dont je viens de faire mention. Il faut bien se garder de croire que le climat pourrait être une des causes de son infériorité!... Non, cela n'est pas! Il me serait facile de démontrer sans réplique que Cayenne dans son état actuel, avec son climat et ses terres fertiles, est beaucoup plus salubre que la Martinique et la Guadeloupe. La richesse et le commerce de ces deux colonies est un fait acquis et incontestable. De même que le climat de la Guyanne et sa fertilité leur est beaucoup supérieur. La chaleur, moins forte que dans les Antilles, est toujours tempérée par un vent frais qui embaume l'air que vous respirez, en dilatant sur vos lèvres les parfums les plus suaves. La vérité est si authentique, que tout européen arrivant maladif et chargé de rhumatisme, est complètement guéri au bout d'un mois au plus tard, et sa santé se rétablit sans aucun secours de médecin ou de médecine, seulement par les effets salutaires du climat. C'est un fait que je puis affirmer, et que personne ne saurait mettre en doute. Au résumé, Cayenne et ses dépendances sont une bien petite partie de la Guyanne, qui est d'une salubrité qu'on ne peut contester. Cette ville n'est plus dans le même état où elle se trouvait il y a vingt-cinq ans; des améliorations ont eu lieu; l'on a dernièrement comblé des marais, élevé des boulevards qui sont ombragés par des plantations d'arbres qui embellissent la ville et l'assainissent. Ce qui prouve qu'elle est dans de meilleures conditions, c'est que sa population a doublé, et que pendant très-longtemps elle fut stationnaire. S'il y a des améliorations qu'on ne saurait nier, il reste néanmoins beaucoup à faire. Le gouvernement doit saisir l'occasion qui se présente pour relever l'importance de cette colonie qui doit un jour devenir la rivale de Surinam. Espérons qu'il s'en occupera sérieusement!... et fera tous les sacrifices nécessaires pour y fonder de nouvelles colonies qui seront plus tard la source de bien des richesses. Plusieurs mille hommes peuvent être transportés et divisés sur plusieurs rivières. Ceux qui seront destinés pour la Guyanne seront à coup sûr les mieux partagés. Ils auront au moins cinquante lieues carrées de bonnes terres à cultiver, des forêts vierges

qui abondent en gibiers, et des rivières excessivement poisson-
neuses. Il existe cent lieues de côtes, et soixante lieues de profondeur. La Marony fait la limite de nos possessions, et de la
colonie de Surinam. J'ai remonté cette rivière jusqu'à trente
lieues dans l'intérieur, partout c'est la même végétation, la
même fertilité. On comprendra quelle ressource on peut en
tirer pour y établir de nouvelles colonies. Le niveau de la
terre est plus élevé qu'à Cayenne, et se trouve dans les meilleures conditions de culture. La source de la Marony sort des
montagnes habitées par les ouka nègres. C'est un refuge inac-
cessible pour les européens qui voudraient les soumettre. Ils
descendent cette rivière pour venir à Paramaribo chercher
des provisions. Ces nègres ont conquis leur liberté par une
guerre d'indépendance qu'ils ont soutenue pendant quinze ans
contre les Hollandais dont ils étaient les esclaves. Il y a longtemps qu'un traité a été conclu entre les deux parties. Ils ont
obtenu des avantages très-favorables : d'abord, la reconnais-
sance de leur liberté, ensuite ils reçoivent tous les quatre ans
un présent, qui vaut de sept à huit mille francs, composé de
nombreux articles à leur usage. Ils font un commerce très-
lucratif, avec des flottes de bois qu'ils vendent aux habitants
de Surinam. Aussi sont-ils tous dans l'aisance.... Il y a quelques années, ils voulurent rendre une visite aux Français qui
sont sur les bords de l'Amana. Le lieutenant commandant le
poste crut devoir, sans avertissement préalable, les recevoir
à coup de fusil, et plusieurs d'entre eux furent tués et blessés.
Cette injuste aggression fut d'autant plus impolitique, qu'ils
venaient amiablement faire des échanges, comme ils font
journellement avec les Hollandais. Si je suis entré dans tous
ces détails, c'est qu'il est toujours bon de connaître ses voisins,
afin d'en tirer le meilleur parti possible.

Quant à l'établissement de l'Amana, il y a près de vingt ans
qu'il a été fondé ; je doute encore s'il mérite le nom de colonie.
L'on sait qu'il prit fantaisie au gouvernement de Charles X
de créer cette nouvelle colonie environ deux ans avant sa

chute. Des fautes graves furent commises, soit à Cayenne, soit à Madagascar, soit en Afrique. Nulle part nous ne sommes parvenus à obtenir quelques résultats un peu importants. Tout cela vient que dès le début on ne veut pas faire les sacrifices indispensables, et sans lesquels on n'obtiendra jamais rien. Une des fautes les plus graves qui furent faites, c'est d'avoir transporté, pour fonder la colonie de l'Amana, des jeunes gens et des jeunes filles, de l'âge de quinze ans, pris dans les maisons de charité. Aussitôt arrivés, on les fit travailler tous ensemble au défrichement, sans but et sans encouragement. On pensait sans doute qu'ils devaient se trouver très-heureux. Le passé nous a appris que loin de l'être, ils étaient malheureux et inquiets sur leur avenir. Cette manière de procéder envers des jeunes colons fut aussi absurde que blâmable. Ce travail rebutant et pénible, surtout pour des enfants, ne convenait qu'à des hommes d'énergie habitués à travailler. Avec le temps, et tous les soins que le devoir imposait, ils se seraient habitués insensiblement à tous les travaux. Mais au lieu de toutes les attentions et les ménagements qu'on aurait dû leur prodiguer, ils furent traités en esclaves, il n'y eut rien de changé que la couleur.

La direction de cet établissement devait être confiée à un homme compétent, et dont le choix était assez important : elle fut donnée à une sœur avec la qualité de supérieure. L'adoption d'un système aussi désastreux aurait dû faire prévoir qu'aucuns germes de colonisation ne pouvaient réussir. Je ne prétends pas examiner les talents et la conduite de cette sœur directrice, dans une situation aussi précaire; tout ce que je sais de positif, c'est que les pauvres colons ne tardèrent pas d'être en proie à la plus grande misère et à de cuisants chagrins : les maladies, le suicide en eurent bientôt décimé un grand nombre, de même que tous ceux qui purent se sauver par tous les moyens n'y manquèrent pas. Un jeune colon se jeta la nuit à la mer pour aborder un bâtiment qui était en partance. Il parvint, à l'aide du cable à y pénétrer, et se tint caché pendant quarante-huit heures, sans boire ni manger. Aussitôt que l'on eut appareillé, il put réclamer les secours dont il avait besoin. Dans un voyage que je fis à la Martinique, je rencontrai la supérieure accompagnée d'une servante qui allait rendre une visite à une de ses sœurs employée comme hospitalière. A la suite d'une conversation, elle me dit en présence du capitaine, qu'elle avait un crédit illimité auprès du gouvernement de Cayenne, et que sur sa seule signature elle obtiendrait au besoin cent mille francs. Comment comprendre qu'avec de telles ressources, les colons fussent nus pieds, en guenilles, et très-mal nourris! Je laisse à qui de droit démêler cette affaire, je ne veux constater qu'un fait, la misère, et tout ce qui s'en suit. J'ai appris avec plaisir que des améliorations avaient eu lieu, néanmoins il a fallu vingt ans pour obtenir un peu plus que rien.

Une vérité que nos hommes d'état ne comprennent pas assez! c'est que l'homme, le colon, que vous transportez dans les Antilles, ressemble à ces plantes que vous transportez des Antilles en France; vous l'entourez alors de toutes sortes de soins et d'attentions, afin de l'acclimater. L'homme aussi a besoin de ces mêmes soins, il faut employer tous les ménagements possibles pour lui soutenir le moral. Transporter des hommes à la Guyanne, aux Antilles, n'importe où, ce n'est pas là la difficulté, rien n'est plus facile; mais ce qui ne l'est pas autant, c'est de fonder l'établissement d'une nouvelle colonie, de telle sorte que dans l'espace de deux ou trois ans elle fut si bien enracinée, qu'elle devînt impérissable. Pour obtenir des résultats aussi heureux, auxquels on est loin d'être habitué, il faut deux volontés réunies : sacrifices absolus de la part du gouvernement, et dévouement sans bornes de celui à qui il en aura confié la direction; ce sujet est si important, que je ne puis m'empêcher de souhaiter que l'on employât tous les moyens directs ou indirects, pour les acclimater, et leur apprendre à aimer le pays. C'est la mission la plus habile et la plus essentielle puisque tout en dépend.

Le travail doit être plutôt un moyen d'exercice et de distraction, qu'un excès habituel de fatigues , ce qui serait aussi nuisible dans ces pays, qu'un excès de repos. La nature y est si forte, si vigoureuse, que trois heures de travail équivalent à dix en Europe. Lorsque les travaux des plantations sont terminés, elle vous demande seulement de la visiter souvent pour la débarrasser des mauvaises herbes qui croissent si rapidement, et la gênent. Pour bien comprendre la vérité de ce que j'avance, il faut savoir qu'au lieu d'ensemencer deux ou trois fois par an, comme cela se pratique en Europe, ce qui exige un travail incessant , dans la Guyanne il ne se fait que des plantations de petits arbrisseaux qui représentent toutes les riches productions coloniales, ils donnent toutes les années une récolte abondante et continuelle, sans qu'il soit besoin de travail ni de taille, mais seulement d'un entretien de propreté. Quand le moment de la récolte arrive, c'est alors que le travail ne manque pas, soit pour récolter, préparer, conditionner les produits qui doivent être expédiés en Europe , dans un état qui ne laisse rien à désirer. Pour donner une idée de la puissante et vigoureuse végétation de ces pays, comme exemple je vais citer le bananier , non comme produit commercial, mais comme produit alimentaire, dont la description est intéressante. C'est un végétal que l'on peut appeler à bon droit le grenier d'abondance de ces contrées; la hauteur de cet arbre fruitier herbacé, est d'environ sept à huit pieds, sur dix à douze pouces de diamètre. Sa couleur est d'un vert pomme; il couvre son fruit, pesant de trente à cinquante livres, de ses feuilles vertes et soyeuses, qui ont un mètre de largeur, sur deux de longueur, et le garantissent soigneusement des ardeurs du soleil. Neuf mois après sa plantation, le bananier fleurit; il faut encore près de trois mois pour obtenir la maturité de son fruit. Sa fleur est d'un rouge violet , du poids environ d'un kilogramme formant la poire. Son fruit est de neuf pouces de long sur un pouce de diamètre ; le nombre varie de 60 à 90, tous adaptés à une souche de vingt-six pouces de long, sur trois pouces de diamètre, semblable à une grappe. L'on reconnaît sa maturité, lorsque de vert très-foncé il blanchit, et se trouve à l'état de vert pomme clair. Alors on fait tomber l'arbre d'un coup de sabre d'abattis en le coupant près de terre, ensuite vous détachez le fruit à sa naissance, qui est en haut de l'arbre; avant de l'emporter vous avez soin de tailler le végétal en morceaux et d'en entourer les petits végétaux qui sont pour remplacer celui que vous venez d'abattre. Le bananier ne fleurit jamais sans avoir plusieurs rejetons destinés à se succéder les uns aux autres; c'est une source végétale intarissable; ce qu'il y a d'étonnant et d'admirable, c'est que la nature tout en se constituant votre grenier d'abondance, vous limite dans ses prodigieuses libéralités; sur cent végétaux, elle ne vous en donne que deux ou trois par semaine, cela suffit pour une nombreuse famille; cependant elle doit et peut en avoir un mille en sa possession. Pensez quelle abondance ce petit champ de bananiers lui fournira, et quelle considérable basse-cour elle pourra entretenir! Il n'existe pas de végétal qui donne une aussi grande quantité d'aliment, qui réclame aussi peu de soins, et qui occupe moins d'espace. Le baron Humbold a calculé que quatre mille livres de bananes, sont le produit d'une terre qui n'en fournirait que cent de pommes de terre, et trente-trois de blé; aussi est-ce la nourriture des peuples qui habitent ces contrées. Ce qu'il y a de non moins extraordinaire, c'est qu'avec ce fruit vous en possédez deux : le premier vous le mangez à l'état sec et farineux, le second vous le laissez au frais pendant quinze jours; il mûrit, jaunit comme une orange, devient doux comme du sucre, et s'amollissant graduellement vous donne une confiture exquise. Ce fruit sain et nourrissant contient moins d'eau que la pomme de terre, et, comme elle, s'accommode en toutes manières. Voilà l'exacte description de ce beau et succulent fruit, la banane.

La culture de ce végétal est facile et peu dispendieuse : quand la plantation est faite vous avez soin de la maintenir à l'abri des mauvaises herbes, c'est l'unique travail que vous ayez à faire ; vous ne cessez de récolter sans interruption, dans les proportions que j'ai indiqué, au fur et à mesure de la maturité, qui ne tarit jamais.

La culture de tous les produits de la Guyanne, tels que sucre, café, cacao, cotons, géroffliers et autres, est absolument la même. Ces récoltes se font au bout d'un an, d'une manière générale. Il n'y a que le bananier qui fait exception à la règle, parce qu'il donne une récolte partielle, mesurée et continuelle ; c'est un vrai prodige, vous recevez toujours sans jamais rien donner. Avec tous les renseignements que je viens de fournir, les futurs colons n'ont rien à redouter sur le climat et la fertilité des contrées qu'ils iront bientôt habiter. Tout le temps que j'y suis demeuré, je n'ai pas été un seul instant malade. J'ai fait cependant plusieurs voyages dans l'intérieur du pays, où j'ai dû supporter des fatigues, et des torrents de pluie. Aussitôt que nous étions arrêtés dans une place pour camper, nous prenions de suite les mesures nécessaires à notre santé. On avait le soin d'allumer un grand feu pour sécher ses effets ; en attendant le souper, on buvait du café ou du thé très-chaud. Je faisais rôtir quelques bananes que je mangeais, et dont je me suis toujours bien trouvé. Avant de se coucher dans son hamac que l'on attachait aux arbres, on avait tous le soin d'allumer près de soi un feu qui pût durer toute la nuit, afin de nous préserver contre l'humidité. Nous dormions alors fort tranquillement. Il arrivait quelquefois que nous étions réveillés par des oiseaux de proie, qui ne laissaient à leurs victimes que le temps de jeter un seul cri ; quelquefois c'était par un tigre poursuivant une biche aux abois, qui préférait se jeter au milieu du camp, pour ne pas devenir sa victime, et semblait nous donner la préférence pour être ses bourreaux. Les moins endormis se levaient, tiraient quelques coups de fusil, et tout rentrait dans l'ordre. N'oublions jamais de prendre toutes les précautions nécessaires à la santé, si nous voulons être exempts de bien des maux !...

Lorsque vous serez à vos travaux, éloignés de votre rési-
dence, vous aurez le soin de construire un vaste hangar pour
vous mettre à l'abri du mauvais temps. Si vous êtes mouillés,
vous allumerez un grand feu pour vous sécher complètement.
Il serait urgent que tous les colons puissent avoir un manteau
de cuir avec un capuchon, pour se garantir pendant la saison
des pluies; ils éviteraient bien des maladies dont on est loin
de soupçonner les causes, qui ne sont autres que des refroi-
dissements intérieurs provoqués par l'humidité. Je conseille
aussi de porter des sabots dans les temps pluvieux. Ce n'est pas
l'usage, mais il faut l'adopter dans l'intérêt de sa santé. En
France, les gens de la campagne s'en trouvent très-bien. Dans
ces temps particulièrement, vous aurez à vous défendre des
mousquites ou cousins, qui plus d'une fois viendront inter-
rompre votre sommeil; pour s'en garantir, il faut avoir soin,
avant le coucher du soleil, de fermer les portes et fenêtres de
la maison; si malgré ces précautions, elles étaient entrées dans
votre chambre à coucher, il faudrait se servir de la mous-
quitière pour pouvoir dormir; le lendemain, il faut avoir la
précaution de les détruire. Lorsque le pays sera défriché,
vous en apercevrez peu ou point. La Sika ou puce de sable,
est encore un insecte nuisible, qui se trouve dans des lieux
malpropres; pour s'en débarrasser, il faut approprier et for-
tement arroser. Il faut aussi éviter les boissons alcooliques,
qui font tant de ravage chez les personnes qui en ont l'habi-
tude, ou qui en font usage pour se relever le moral; qu'ils
sachent bien que c'est leur plus dangereux ennemis. Il faut
également s'abstenir de manger des fruits avec excès, parce
qu'ils provoquent la diarrhée par le refroidissement des in-
testins. Les fruits de la Guyanne sont si délicieusement par-
fumés et d'une si grande abondance qu'il est impossible de
ne pas se laisser tenter, il ne faut cependant pas s'abandonner
à des excès qui sont toujours nuisibles. Vous aurez le soin
de vous habituer à prendre trois fois par jour du cacao, thé
ou café, c'est un excellent remède contre beaucoup d'in-

dispositions : toutes ces productions du pays, ainsi que le sucre, sont excessivement bon marché, on les obtient aussi par des échanges.

Je viens de m'expliquer sincèrement sur le climat de la Guyanne, sur sa fertilité, sur la manière d'obtenir facilement ses riches produits, sans être astreint à des excès de fatigues, ainsi que des précautions à prendre pour conserver la santé. Je serai satisfait d'avoir réussi à dissiper toutes les mauvaises appréhensions que les nouveaux colons pourraient avoir sur le climat et la nature de ces contrées. Pour leur prouver ma bonne foi, je répéterai que j'ai habité longtemps la Guyanne française et hollandaise; pour mon utilité j'ai appris la langue hollandaise, et l'idiome nègre qui se parle à Surinam; c'est un composé d'espagnol, d'anglais, de hollandais et de français. Tous les habitants et commerçants sont obligés de le savoir, les indiens même le parlent, et il leur est fort utile pour faire leurs échanges. Les vieux habitants européens affectent de ne parler que cet idiome. Le nombre des nègres, mulâtres, et autres races qui le parlent est immense. J'ai toujours désiré à la France une semblable colonie. J'avais besoin, en vous donnant tous ces détails, de vous faire comprendre que j'avais aimé ces contrées, que je ne les ai quitté qu'avec regrets.

J'avais pris la fièvre de revoir la patrie et la famille; ce sont deux belles et saintes idoles ! mais à condition de ne pas en avoir besoin, autrement vous risquez d'être oublié par l'une, et humilié par l'autre. Nous avons plus d'un million de Français qui ont abandonné leur pays, pour aller dans les Amériques du sud et du nord, trouver l'aisance et le bonheur, au lieu de la misère qu'ils éprouvaient en France. Si l'on veut bien réfléchir qu'en France trente-cinq millions d'âmes existent sur une terre ne contenant environ que deux cent cinquante lieues carrées, on comprendra avec peine comment il est possible, pour un grand nombre, d'y exister sans misère et sans inquiétude. En Amérique un million d'habitants en possèdent au moins deux cents lieues. Toutes les personnes qui veulent se livrer à l'agriculture, s'emparent d'autant de terre qu'ils peuvent en cultiver. Dans de telles conditions l'aisance et le bonheur accompagneront toujours l'agriculteur. J'avoue que si je ne suis par retourné dans ces contrées ce sont des circonstances indépendantes de ma volonté, qui m'en ont empêché. L'occasion fortuite de votre transport m'a disposé à vous être utile par des conseils que je vous donne selon les connaissances que j'ai acquises. Le gouvernement vous donnera des hommes compétents pour vous guider dans les travaux que vous devez entreprendre, afin de fonder de nouvelles colonies. L'homme quelle que soit sa position, doit dans la mesure de ses forces, de son intelligence, venir en aide à ses concitoyens. J'engage les transportés, d'avoir sur leur avenir une entière confiance dans les ministres de la République : ce sont de sincères patriotes en qui la France a une confiance absolue, et attend de leurs nobles travaux, tranquilité, prospérité et liberté ; qu'ils soient assurés que les ministres les aideront généreusement, jusqu'à leur entière et définitive installation, c'est-à-dire aussi longtemps qu'il en sera besoin ; ils comprendront que ces sacrifices sont absolus, nécessaires pour le bonheur des nouveaux habitants, et la prospérité de la colonie. Nous avons tous la ferme assurance que les ministres de notre jeune République, auront un plein succès dans leur œuvre de colonisation, ils seront plus heureux et plus habiles que les ministres d'une monarchie qui vient de s'écrouler.....

Ils auront soin, n'en doutons pas, de recommander aux chefs et gardiens de traiter avec générosité les transportés, de leur faire entendre des paroles de paix et d'avenir, afin de maintenir le courage chez les uns, et de relever le moral chez les autres. C'est une question d'humanité qui doit être bien sentie, par les personnes qui doivent et peuvent améliorer leur position.

www.ingramcontent.com/pod-product-compliance
Lightning Source LLC
Chambersburg PA
CBHW051306050726
47595CB00008B/3427